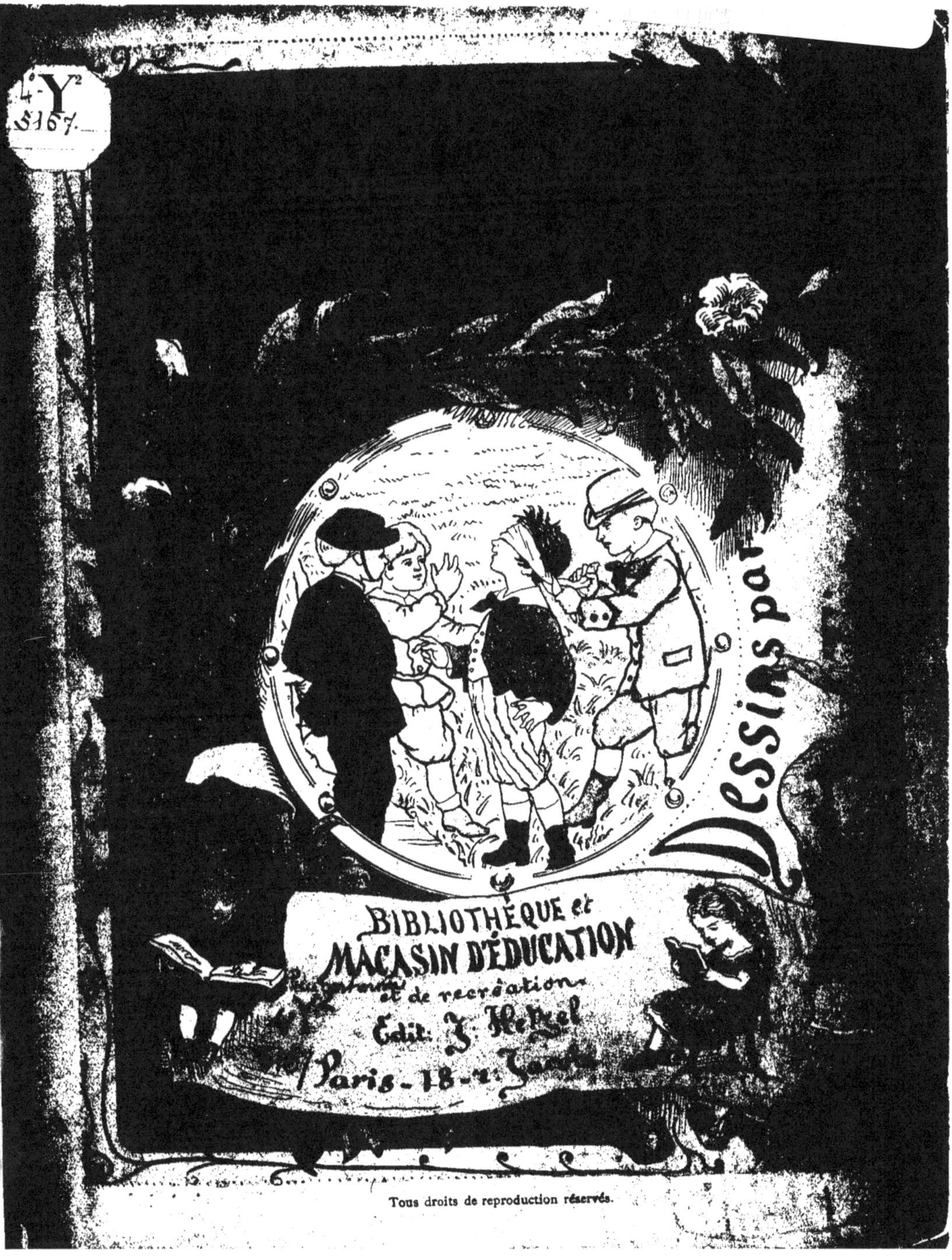

Dessins par
BIBLIOTHÈQUE et
MAGASIN D'ÉDUCATION
et de recréation
Édit. J. Hetzel
Paris — 18 —

I. — UN COLIN-MAILLARD ACCIDENTÉ

Grande réunion d'enfants au château pour la fête de Gaétan.

Le héros du jour annonce à ses amis qu'ils vont procéder à une partie de Colin-Maillard comme on en voit peu. On lui bande les yeux :

— Combien de doigts? demande André.

— Cinq.

L'épreuve est concluante. S'il avait triché, ça se verrait bien.

Il faut avoir le caractère bien fait pour jouer au Colin-Maillard! C'est à qui taquinera le plus l'infortuné Gaétan; on le houspille de toute les manières. Avec un aveugle, on a beau jeu.

Gaétan tourne comme un toton, agite ses bras comme les ailes d'un moulin à vent, et se démène à en devenir plus rouge qu'un coq d'Inde, mais moins méchant. Peines perdues. Il semble que ses persécuteurs, tout en étant doués du don d'ubiquité, soient insaisissables.

— Enfin! s'écrie Gaétan, j'en tiens un!...

Ah bien oui, ce n'est que la manne du pâtissier. Que restera-t-il pour le goûter, hélas?

Un bon joueur ne se laisse pas arrêter par un si mince accident. La chasse recommence de plus belle. Gare aux culbutes pourtant! Personne ne crie casse-cou. Gaétan bute contre une bordure en fer et prend un billet de parterre.

Aussitôt tombé, aussitôt relevé, Gaétan se pique d'honneur, il veut faire un prisonnier. « Cette fois, j'en tiens un! » s'écrie-t-il. Il sent un chapeau au bout de ses doigts, il le tire à lui un peu brusquement, et il enlève du même coup la perruque du père Antoine qui jardinait et n'avait pas entendu les enfants s'approcher. Il est un peu dur d'oreille, M. Antoine.

Vexé et colère, le bonhomme empoigne son arrosoir et en verse le contenu sur la tête de Gaétan.

V. — UN COLIN-MAILLARD ACCIDENTÉ

Pour se sécher, Gaétan reprend de plus belle le jeu. Jeu très amusant pour les joueurs, mais qui l'est incomparablement moins pour ceux qui ont la mauvaise chance de se trouver sur leur passage. A un tournant le groupe ensorcelé, serré de près par Gaétan, vient se jeter dans les jambes de Manette, la fermière, qui apporte un panier d'œufs sur la tête. Quelle omelette... quelle omelette!

De mal en pis. Voilà que Gaétan arrive près de l'endroit du jardin où le couvert a été mis; il tire à lui la nappe, qu'il prend pour la robe d'une de ses petites amies. S'apercevant de son erreur, il se rattrape au tablier de Gertrude qui apporte une saucière en équilibre au sommet d'une pile d'assiettes.

Cette fois, ses compagnons auraient été bien inspirés de crier *casse-cou!*

VII. — UN COLIN-MAILLARD ACCIDENTÉ

Toujours courant, Gaétan et ses amis se dirigent vers le fond du parc, où se trouve un bassin.

« Arrête ! Arrête !... » lui crient ses amis.

Mais ils l'ont attrapé tant de fois que Gaétan dédaigne leurs avertissements.

Le pied lui manque. Il est perdu !

VIII. — UN COLIN-MAILLARD ACCIDENTÉ

On l'a repêché, mais dans quel état, grand Dieu! Ses amis restent consternés; seules, les oies sont dans la jubilation.

Heureusement, le juge devant lequel comparaissent les coupables n'est pas bien terrible. Un jour de fête, il faut de l'indulgence.

Gaétan et ses compagnons, jurant mais un peu tard qu'on ne les reprendrait plus à jouer au Colin-Maillard, obtiendront leur pardon sans trop de peine, espérons-le.

FIN